Einaudi Ragazzi

storie & rime

Collana diretta da

Orietta Fatucci

Nona ristampa, maggio 2019

Prima pubblicazione Edizioni «Avanti!», Milano

ISBN 978-88-6656-162-0

www.edizioniel.com

MARIO LODI E I SUOI RAGAZZI

CIPÍ

Einaudi Ragazzi

CIPÍ

Questa storia è nata nella piccola scuola di Vho di Piadena. I ragazzi scopersero dalla finestra della classe una intensa e drammatica vita che annotarono. Diedero cosí vita alla favola vera di Cipí.

NASCITA DI CIPÍ

CAPITOLO 1

C'era una volta (e c'è ancora) un piccolo paese disteso nel verde e al sole: nel paese c'era un palazzo alto alto e sul tetto del palazzo, nascosta sotto una tegola, una passera covava tre sue uova piccine, senza abbandonarle mai. Babbo passero pensava a procurarle il cibo volando dal nido alla campagna e dalla campagna al nido e sceglieva per lei i chicchi di grano piú teneri e grossi e saporiti e quando glieli portava le diceva: – Porta pazienza! Ancora un po' e sarai mamma!

Un bel mattino di primavera la passera sentí:

cric, cric..., allora alzò le ali e vide che erano nati tutti e tre.

– Come sono felice! – esclamò, e insieme con babbo passero spiccò il volo verso il cielo azzurro.

Al sole tiepido frullò le ali intorpidite, poi si alzò sopra i comignoli, piú in alto della punta del campanile, piú su del parafulmine, sempre piú in su, nell'azzurro. Quindi si tuffò di nuovo verso il suo nido e passando gridò alle nuvole, al sole, alle rondini, al nastro d'argento che si snodava laggiú in mezzo ai prati verdi, ai fiorellini e ai fili d'erba, agli alberi che stavano maturando i frutti e ai pioppi che facevano la guardia, dritti come carabinieri sull'attenti, accanto al fiume.

– Sono nati! Sono mamma! Sono tre!

Tornata al nido, li osservò attentamente: com'erano belli, pur senza piume, i suoi figlioli!

Allungavano il collo verso la mamma, aprivano il becco, chiamavano.

Uno, il piú piccino, era il piú birichino: sbatteva le alucce e si girava di qua e di là come se il nido fosse troppo stretto per lui. I fratellini facevano: cip, cip, cip, con garbo, lui invece gridava: cipí, cipí e non smetteva mai.

– Ecco, lo chiameremo Cipí! – disse la mamma.

A sentire quel verso strano il babbo e la mamma gli dicevano: – Perché piangi?

– Cipí... cipí, voglio uscire di qui!... – gridava lui.

– Stai qui, ora ti copro con le mie piume calde, – gli sussurrava la mamma mentre lo scaldava con l'ala.

Gli altri due si addormentavano subito, invece lui si dimenava: – Cipí... cipí..., voglio uscire di qui!... – e ci voleva del bello e del buono e tutta la pazienza della mamma per convincerlo a dormire come i suoi fratellini.

E una volta che babbo e mamma non erano lí, nudo com'era, saltò fuori dal nido e cominciò a girare per i tetti, finché, arrivato sul ciglio, guardò giú e gli girò la testa.

IL MONDO

CAPITOLO 2

Per fortuna babbo e mamma arrivarono in tempo e lo riportarono nel nido.

– Perché fai il disubbidiente? – disse la mamma.

– Io voglio vedere che cosa c'è giú!

– È troppo presto, non hai ancora le piume, e sei piccolo e debole!

– Io voglio vedere... cipí, cipí... io voglio andare fuori da questo buco.

– Questo buco è la nostra casa. Quando avrai le piume andremo insieme a vedere tutto: la palla di fuoco, il nastro d'argento, la pianta...

Uno dei fratellini aprí gli occhi e disse:

– Noi a vedere giú ci andiamo quando siamo grandi.

– E io, invece, ci vado subito! – gridò Cipí e sgusciò sotto l'ala della mamma, scavalcò il nido e scappò: ma il salto fu cosí lungo che andò a sbattere il becco contro il camino.

– Cipí... cipí... – piagnucolò, – ... mi fa male qua, mi fa male qui!

Mamma passera lo riportò dentro.

– Vedi che cosa succede ai disubbidienti?

– Mi fa male qua, mi fa male qui, – ripeteva Cipí rannicchiato sotto l'ala della mamma. Ad un tratto tacque, alzò la testa spaventato e gridò: – Mamma!

– Che c'è ancora?

– Chi è che fa tum tum, tum tum?

La mamma sorrise: – È il mio cuore. Ma ora dormi e tutto passerà. Me lo prometti?

– Cipí! – rispose l'uccellino e voleva dire sí.

Ma dopo un attimo ricominciò:

– Mamí, che cos'è la pianta?

– La pianta sono le braccia verdi dove ci riposeremo al primo volo...

– E Palla di fuoco, Mamí, che cos'è?

– È il nostro amico che brucia in mezzo al cielo per scaldare e dar luce.

– Mamí, il cielo che cos'è?

– La nostra strada, – rispose la mamma.

– E il nastro d'argento?

– È lo specchio dove ammirerai le tue belle piume, quando le avrai.

– E le piume, Mamí, che cos'è le piume?

– Queste che ti scaldano, – disse la mamma stringendolo con amore.

Cosí, curioso di tutto, pian piano Cipí mise le piume e si preparò a vedere coi propri occhi com'era fatto il mondo.

IL BUCO FONDO E NERO

CAPITOLO 3

Una mattina che mamma passera non c'era, Cipí scappò fuori dal nido e saltò in cima al camino e vide un buco fondo fondo e nero come il carbone. E disse: – Adesso salto dall'altra parte: op là! – e saltò dall'altra parte del buco nero.

In quel momento ritornò mamma passera e gli gridò:

– Vieni giú, torna nel nido!

Ma Cipí non l'ascoltò: – Che buco fondo e nero, Mamí, guarda: op là! – e saltò di qua.

– Cipí, sta' attento... Non fare l'imprudente!...

Ma lui: – Op là! – e saltava di là.

Ad un tratto, proprio mentre diceva: «Op là!» come fu come non fu, gli scivolò una zampa e cascò nel buco nero.

– Mamí!... aiuto! Mamí!... – gridò con tutta la voce e sbatteva le ali per risalire.

La mamma volò sul camino e lo chiamò disperata: – Mio Cipí, dove sei?

Il povero passerotto, in mezzo alla caligine della cappa, cercava di volare su, ma invece andava sempre piú giú e il buio diventava sempre piú fitto. La caligine gli bruciava gli occhi, la stanchezza gli fermava le ali e lui gridava:

– Mamí! Mamí, – e intanto precipitava sempre piú in fondo finché, con un tonfo, cadde nella cenere del focolare, si rannicchiò in un angolino e col cuore che faceva tum tum... aspettò. Ad un tratto sentí dei passi.

– Un uccello nel camino! – gridò un bambino.

– No! – disse un altro.

– Sí!

– Prendiamolo!

– Eccolo, com'è piccolo!

– Manda fuori il gatto!

– Chiudi la porta!

– Prendilo, è lí!

A quelle parole, Cipí saltò sulla cassetta della legna e via sotto la stufa!

– È lí, è lí, dài che lo acciuffiamo!

– Prendi la scopa!

Un mostro di punte spazzò l'uccellino fuori dal rifugio, e Cipí si rifugiò in un angolo.

– Piano, – dicevano i bambini avvicinandosi sempre piú, – non spaventiamolo!

– Eccolo, prendilo!

In quel momento Cipí si accorse che davanti a lui c'era un quadrato di cielo cosí limpido che pareva dire: «Vieni, vola da me, io ti salverò!».

Cipí spiccò un lungo salto verso il cielo azzurro.

Un salto ho detto? Un volo! perché riuscí proprio a levarsi da terra e, passando fra le gambe di un ragazzo, a volare, volare... Ma quando il sole già gli faceva la prima carezza e gli pareva di essere ormai insieme alla sua Mamí, patapunfete! sbatté il becco contro il vetro e precipitò sul davanzale. Lí una manaccia lo prese e lo strinse tanto forte da fargli scoppiare il cuore.

PRIGIONIERO

CAPITOLO 4

– Com'è carino, lo mettiamo in gabbia?

– No, leghiamogli il filo alla zampa! – dissero i bambini e mostrarono l'uccellino alla nonna, alla mamma e al papà.

E Cipí intanto soffriva: a momenti non ricordava piú nulla e chiudeva gli occhi come se stesse per morire.

La sua mamma, intanto, volava intorno alla casa dell'uomo e chiamava: – Cipí, sono qui! sono qui! sono qui! – Ma Cipí non la sentiva, perché fra le mani dei due bambini ne passava di tutti i colori: lo chiusero in gabbia, lo ingozzarono di bocconi gialli perché credevano che piangesse per fame, gli legarono un filo alla zampa, lo fecero correre nel cortile e ogni volta che Cipí spiccava il volo e cadeva a terra, i bambini ridevano.

Ad un tratto Cipí udí un grido: era la sua mamma che l'aveva riconosciuto: – Mio piccolo Cipí, vola, vieni qui! – e apriva le ali per insegnargli a volare. – Vola, vola, Cipí, vola dalla tua Mamí!

– Oh, Mamí... mi fa male qui, – pigolò Cipí cercando di strappare la cordicella che gli faceva sanguinare la zampa.

A quel punto, i bambini litigarono perché volevano tutti e due tener l'uccello: il piú alto lo afferrò e gli staccò il filo dalla zampa.

– Ahi! ahi! – gridò Cipí e, stufo di essere maltrattato, beccò la manaccia che lo stringeva, cosí forte che il becco scricchiolò.

– Ahi! – urlò il bambino e allargò un po' le dita: allora Cipí saltò fuori dalla mano e scappò via.

– Forza, Cipí, vola! Vola sin qui!... – gridava la sua mamma dal tetto. – Vola dalla tua Mamí!

I ragazzi lo rincorrevano, ma Cipí non si lasciò prendere, correva e gridava:

– Mamí, Mamí, adesso vengo! – e presa una lunga rincorsa, frullò le ali e volò, volò... e arrivò da Mamí.

– Oh, mio Cipí, finalmente sei al sicuro, – disse la mamma entrando nel nido.

Ma Cipí disse: – Io nel nido non ci vengo, vero Mamí?

La mamma sorrise e gli disse tristemente: – No, tu sei già grande, tu sai già volare.

Poco dopo arrivarono i passeri del tetto per sentire dov'era stato e a tutti Cipí raccontò la sua storia: come cadde nel buco nero e fondo mentre faceva op là!, come lo presero e come fuggí, ma soprattutto come sono cattivi i bambini che stanno in fondo al buco nero.

ALLA SCOPERTA DEL MONDO

CAPITOLO 5

Appena i fratelli di Cipí impararono a volare, mamma passera accompagnò i figlioli a vedere che cosa c'era intorno al palazzo sul quale erano nati. Prima andarono sull'alto susino dell'orto dove ogni sera prima di dormire i passeri del tetto si raccontavano i fatti della giornata. Per Cipí fu facile quel volo, ai fratelli invece batteva forte il cuore: ma tutto andò bene. Appena là, Cipí volò sulla cima della pianta e di là incominciò ad esplorare il mondo.

– Mamí, vieni a vedere: che cosa c'è qui? che c'è là?

– Ora andremo a vedere tutto, – rispose la mamma. E il volo proseguí.

Appena entrarono nel grande albero fiorito, si posarono su un ramo e una vocina disse:

– Ahi! mi fai male! – e subito un fiorellino si staccò e cadde a terra.

– Addio! – sussurrarono gli altri fiorellini.

– Chi sono, Mamí? – domandò Cipí.

E la mamma: – Sono fiocchi bianchi che Palla di fuoco pian piano trasformerà in palline rosse e squisite.

All'improvviso si sentí una musica leggera che vibrava lungo tutta la pianta.

– Mamí, e questo che cos'è?

– Le api. Cantano le canzoni ai fiorellini. In questi giorni c'è il loro festival, – rispose la mamma sorridendo.

Stettero un po' in silenzio ad ascoltare il canto degli insetti e poi Mamí disse: – Via! – e spiccò il volo verso il nastro d'argento che luccicava in mezzo al verde riflettendo il cielo come uno specchio.

Era una festa di colori e Cipí volava guardando giú incantato e diceva: – Che bello, Mamí! Guarda là, guarda lí! – Quando fu sopra al fiume gridò: – Mamí, laggiú c'è un altro come me. Chi è, Mamí? Chi è?

– Giú, – comandò la mamma buttandosi in picchiata, – andiamo a vedere.

Con uno scatto Cipí passò davanti a tutti.

– Vola anche lui come me! – gridava mentre precipitava. – Mamí, mi viene incontro!

Ad un tratto, quando gli sembrò di poterlo toccare, patapunfete! l'argento andò in mille pezzi, l'uccellino sparí e Cipí si trovò nell'acqua fino al collo.

Con un guizzo saltò fuori e, bagnato come un pulcino, riuscí a raggiungere la riva dove si scrollò l'acqua e si pettinò. Mamma passera, che si era fermata in tempo insieme con i fratelli, gli venne vicino e gli disse ridendo:

– Un bagnetto fa sempre bene, ora lo faranno anche i tuoi fratelli insieme con me.

E comandò: – Dentro anche voi!

MARGHERÍ

CAPITOLO 6

Mentre si pettinava, Cipí udí una vocina:
– Ih, ih! che buffo ciuffetto hai!

Si voltò di scatto, ma lí vicino non c'era che una timida margheritina che allungava la testolina fuori dall'erba per farsi baciare da un raggio di sole.

– Chi ha parlato? – disse Cipí.

Il fiore, a quella brusca domanda, arrossí sulle punte dei petali, cercò di chiudere il viso nella corolla e con un filo di voce rispose: – Io... sono stata io...

Cipí si mise a ridere: – Tu fai osservazioni a un uccello? Come ti chiami?

– Mi chiamano... Margherí, – rispose aprendo un poco i petali per far sentire la voce. – E tu?

– Io invece, mi chiamano... Cipí.

– Non ti vedo mai da queste parti, – riprese Margherí con piú coraggio, – perché non vieni mai qui, tu che hai le ali? È un posto magnifico, sai: qui, nascosta fra l'erba, vedo Palla di fuoco in tutto il suo cammino e sento l'acqua raccontare storie di paesi lontani... Un posto piú bello di questo io credo che non c'è... – Sospirò e concluse: – Sono in mezzo a tante cose belle, eppure mi sento tanto sola... Da tanti giorni il vento si è dimenticato di me e l'unica carezza che ricevo è quella di una vecchia biscia che passa di qui quando va a caccia di ranocchie.

– Che cos'è la biscia? – domandò Cipí incuriosito.

– È una creatura senz'ali e senza zampe, lucida e liscia, che striscia silenziosa fra le erbe e fa una carezza lunga da me a te; ma non si ferma mai,

carezza e va. Perché non vieni qualche volta a farmi compagnia?... – supplicò il piccolo fiore aprendo arditamente i petali.

– Verrò, – promise Cipí, – ma ora devo andare: la mia mamma e i fratelli hanno finito il bagno.

– Ciao Cipí, – sussurrò il fiore.

– Arrivederci, Margherí! – disse l'uccellino spiccando il volo.

Come risero i fratelli quando videro Cipí! Ma la mamma li fece tacere e disse: – Cari figlioli, ora che sapete già volare vi devo dire una cosa un po' triste: ognuno di voi dovrà, d'ora in poi, arrangiarsi da solo, cercarsi il cibo, trovarsi una brava compagna, farsi un bel nido e... diventare anche lui papà! La nostra legge vuole cosí! Ma badate! – esclamò. – Il mondo è pieno di pericoli. C'è l'animale coi baffi e con gli artigli invisibili che cammina senza far rumore e dorme con un occhio chiuso e uno aperto... e in fondo al buco nero c'è l'uomo e ci sarà da soffrire il freddo e la fame.

– Io... io... – disse Cipí, – io, Mamí, ti verrò a trovare tutti i giorni!

– Anch'io! Anch'io! – ripeterono gli altri.

– Ora torniamo a casa, – disse la mamma.

E Cipí: – Intanto che torniamo, facciamo le corse?

– Via! – gridò la mamma, partendo come un razzo.

E si buttarono a capofitto nel cielo limpido come un cristallo.

GLI ARTIGLI

CAPITOLO 7

Il dí seguente Cipí, vedendo il gatto che riposava all'ombra del fico, disse fra sé: – Ecco là l'animale coi baffi e gli artigli invisibili! – E gli venne una gran voglia di scoprire se era vero ciò che gli aveva raccontato la mamma.

Il gatto era coricato su un fianco, con le zampe in fuori che mostravano i polpastrelli lisci e rosati.

«I baffi li vedo, – pensava Cipí, – ma gli artigli dove sono? Adesso è il momento buono per scoprire il mistero degli artigli che ci sono e non ci sono».

E con un voletto si posò sul ramo piú lungo

del fico, che penzolava proprio sopra l'animale. Appena arrivato, sentí uno strano verso: ronf ronf... ronf ronf... Impaurito, balzò sul ramo piú alto e si nascose dietro una foglia.

In quel momento il verso misterioso cessò e mentre Cipí si guardava attorno incuriosito, il gatto drizzò un orecchio, aprí un occhio e, leccandosi i baffi, pensò: «Che bel bocconcino a portata di zampe!». E fece finta di dormire.

«Che strano animale, – pensava Cipí, osservando attentamente il gatto dalla testa alla coda, – dorme e intanto si lecca i baffi...»

Ripreso coraggio, tornò giú e, di ramo in ramo, si avvicinò all'animale baffuto e gridò:

– Buondí animale straniero, io sono Cipí e tu?

Il gatto, che aveva sentito, non disse niente: aprí appena la palpebra e pensò: «Vieni piú vicino e ti faccio vedere io chi sono!».

E Cipí: – Non hai la lingua? Ohè, sei morto?

Ma il gatto non rispondeva, stava là disteso con le zampette fuori.

Cipí si avvicinò ancora di piú e disse fra sé, osservando quei polpastrelli rosati: «Gli artigli mica ci sono... io non vedo niente!».

E il gatto pensava, sbirciando dalla fessura: «Ancora un passo e vedrai...!».

Spinto dalla curiosità, con un saltello, Cipí si posò vicino all'animale che pareva morto e brontolò:

– Auff, non parli mai!

In quel momento il gatto saltò su come una molla, sguainò gli artigli e, allungando una zampa su Cipí, gridò:

– Ci sei, eh?

Quando Cipí vide scattare sulla sua testa la zampaccia armata, di scatto si buttò a terra per fuggire, ma gli artigli lo ghermirono per di dietro: allora, con uno strappo violento, si liberò dalle unghie e fuggí.

– Ah, canaglia, mi sei scappato! – urlò il gatto infuriato tenendo fra gli artigli la coda di Cipí.

L'uccello, intanto, a rotta di collo e sbandando paurosamente, raggiunse la grondaia e vi si aggrappò. Riprese fiato un po' e via nel nido da Mamí.

Ma la mamma, assieme con gli altri uccelli, era in mezzo alla campagna a farsi il gozzo. A quel pensiero Cipí si accorse che gli era venuta fame e ci andò anche lui.

LA FUCILATA

CAPITOLO 8

I compagni, che stavano raspando la terra nella quale l'uomo aveva sparso la semente, lo chiamarono:

– Vieni con noi, Cipí! Abbiamo trovato la fila dei chicchi gialli! Fatti il gozzo intanto che ce n'è!

Allora anche lui si mise a raspare, a estrarre i buoni chicchi gialli e a mangiarli. E intanto raccontava ai compagni la sua avventura: – Che paura poco fa...! Guardate qui! – e mostrò il didietro spennato.

– Cipí ha perduto la coda!

– Chi è stato? – dicevano.

– È stato quell'antipatico animale coi baffi, – spiegò Cipí, – fingeva di dormire, pareva morto, io mi sono avvicinato per vedere se aveva gli artigli e lui, zaff!, mi saltò addosso e mi strappò la coda.

In quel momento i passeri smisero di ascoltare, spiccarono un volo basso e andarono in fondo al campo.

– Dove andate? – disse Cipí, guardandosi attorno incuriosito.

I passeri non si vedevano piú, ora: ma si vedeva avanzare in mezzo al campo un uomo col tubo luccicante fra le mani. Cipí si uní ai compagni e disse loro: – Perché avete tanta paura? È ancora lontano, lui non sa volare... per prenderci deve venire molto vicino...

A quelle parole soltanto alcuni passeri e una passeretta restarono accanto a Cipí, gli altri frullarono via, impauriti dai passi dell'uomo che s'avvicinava sempre piú.

– Che fifoni! Io... – raccontava Cipí sbirciando con un occhio l'uomo e con l'altro i chicchi, – ... io quello l'ho visto da vicino, in fondo al buco nero. Ero ancora piccolo allora, ma ce l'ho fatta lo stesso, perché lui non è svelto come noi!

– Si è fermato! – osservò la passeretta.

– Punta il tubo luccicante verso di noi! – esclamò un passero pieno di paura.

– Dio mio, cosa fa? – gridò la passeretta correndo vicino a Cipí.

Ma Cipí non ebbe il tempo di rispondere, perché all'improvviso scoppiò un formidabile tuono che fece scappare tutti gli uccelli. Nello stesso istante Cipí si trovò stordito dentro un nuvolo di polvere e quando si rialzò vide accanto a sé la compagna con un'ala spezzata.

– Cipí, aiutami, non posso piú volare... – piangeva.

Lí vicino un passero era steso nel solco, con le ali

aperte e tremanti; aprí con sforzo il becco dal quale usciva un filo di sangue e con un soffio di voce sussurrò: – Cipí... – ma non poté aggiungere altro, perché in quel momento stralunò gli occhi, il suo corpo ebbe un brivido e restò là stecchito.

Intanto l'uomo si avvicinava correndo; allora Cipí spiccò il volo gridando alla compagna ferita: – Forza, scappa, non farti prendere! In fondo al campo c'è un cespuglio, andiamo là!

La passeretta con grande sforzo si trascinò fin là e si nascose in un cespuglio fitto, accanto a Cipí. L'uomo in quel momento raccolse l'uccellino morto, mentre Cipí, che dal cespuglio lo osservava, pensava: «Per colpa mia... è morto per colpa mia...».

E per la prima volta nella sua vita sentí nel cuore un profondo rimorso e scoppiò in pianto.

NEL CESPUGLIO

CAPITOLO 9

La passeretta dall'ala spezzata si rannicchiò tremante in fondo al cespuglio: – Cipí... oh che male... non posso piú volare, che farò?

– Zitta! L'uomo è ancora vicino, – sussurrò Cipí, – se vuoi guarire devi star quieta; e poi sono qua io, non devi temere...

– Ho sete! – sospirò la passeretta aprendo il becco arso dalla febbre.

– Ora ti porto l'acqua, – rispose Cipí, – hai paura a star sola?

Essa disse di no col capo.

Allora Cipí uscí dal cespuglio, si guardò attorno per rassicurarsi che non c'era piú pericolo, spiccò un lungo volo sopra i prati fioriti ed arrivò al fiume. Là c'era la margheritina, incantata a guardare nuvolette bianche che correvano per arrivare prima a farsi carezzare dalle cime dei pioppi.

– Cipí, vieni a vedere le corse delle nuvolette!

– Ora non posso, ho fretta! – rispose il passero calandosi giú a far provvista d'acqua. Quando tornò su, il fiore lo salutò: – A rivederci presto!

– Ciao, Margherí... ti racconterò... – disse Cipí in fretta, e tornò.

Arrivato al cespuglio, rigurgitò goccia a goccia l'acqua nel becco della compagna assetata.

– Grazie... tu sei tanto buono...

– Niente ringraziamenti, – rispose Cipí, – io son qui per aiutarti fin che sarai guarita. Hai fame?

E benché la passeretta dicesse di no, Cipí le portò chicchi e piccoli insetti e l'imboccò con pazienza, proprio come la sua mamma aveva fatto con lui quand'era piccino.

Intanto Palla di fuoco era cascato pian piano in braccio ai pioppi del fiume e mentre essi gli cantavano la ninnananna, arrivò la notte: le stelle cominciarono ad accendere i lumini tremolanti e le lucciole di siepe in siepe arrivarono al cespuglio per fare un po' di luce ai due uccellini sperduti. Ma Cipí e la passeretta, rannicchiati sul fondo, non videro nulla: udirono invece di tanto in tanto il grido spaventoso che una civetta affamata lanciava sulla campagna muta.

Cosí passò la notte. Al mattino, quando l'alba e l'aurora cominciavano a pitturare il mondo con vivaci colori, l'uccellino aprí gli occhi e sussurrò:
– Cipí, non abbandonarmi... l'ala mi fa ancora

tanto male, ma voglio guarire, voglio tornare a volare... se mi stai vicino sento che ce la farò.

– Non dubitare, Cipí non tradisce gli amici! – disse il passero. E si slanciò fuori dal cespuglio in cerca di cibo per sé e per la compagna.

GUARIGIONE

CAPITOLO 10

Avanti e indietro dalla campagna al cespuglio, Cipí trascorse giorni di sacrificio, ma non gli rincresceva, anzi era piú allegro perché ogni giorno la passeretta migliorava.

Qualche volta essa diceva al compagno: – Che tristezza dover stare qui inoperosa, io che facevo tutto da sola e volavo piú alta delle nuvole! – E piangeva, poverina. Altre volte, sospirando, chiedeva a Cipí:

– Raccontami cosa vedi quando voli: il grande albero è ancora vestito di bianco? I prati hanno ancora tanti occhi colorati? – E Cipí, pazientemente, le spiegava che tutte le piante avevano ormai smesso l'abito nuziale e, infilato il verde grembiule di fatica, erano indaffarate a nutrire i frutti che crescevano un poco ogni giorno sotto la carezza del sole.

– Palla di fuoco sta maturando certe palline rosa che saranno una bontà... – le diceva.

E lei: – Chissà se un giorno potrò uscire da questo nascondiglio e salire incontro a lui! Ho gran voglia di scaldarmi al suo fuoco, di vedere i colori... vero, Cipí, che sono magnifici i colori? Piú di tutti a me piace l'argento del nastro serpeggiante, e a te?

– A me il giallo dei chicchi di granoturco.

– E mi piacciono i mille occhi violetti di una piantina che vive sola in un cortiletto. E a te cosa piace ancora?

– Il rosso delle palline del grande albero!

– Potrò vederli ancora i colori, Cipí? – supplicava la passeretta disperata.

– Certo che li vedrai, – spiegava Cipí. Una volta le disse: – Se vorrai... ti accompagnerò io, quando sarai guarita, a vederli... però se vorrai...!

– Come sei buono! – esclamò la passeretta. – Non dimenticherò quello che hai fatto per me tu che sei il piú bello e il piú generoso di tutti gli uccelli!

– Dunque verrai?

– Certo che verrò!

– E poi, se vorrai... – continuò Cipí, – mi piacerebbe giocare con te, qualche volta.

– Qualche volta, dici? Io con te verrò sempre a giocare, se ti farà piacere! Io so cento giochi, e tu?

– Io so appena fare le corse!

Dopo questa risposta, Cipí stette un pezzo a pensare, ad un tratto si fece coraggio e chiamò: – Passerí...! sai? Credo che sarei capace di fare un'altra cosa... se vorrai...

– Un gioco?

– Piú bello, piú bello!

– Piú bello di un gioco che cosa c'è?

– Insieme... io e te... vuoi che la facciamo una casetta di piume... un nido, insomma! Uffa, non capisci?

A queste parole la passeretta non rispose: si avvicinò a Cipí e con la punta del becco lo baciò sulla testolina.

– Perché no? – esclamò ridendo. E per la prima volta da quando era stata ferita sentí la felicità nel cuore.

– Voglio guarire! – gridò.

UN POSTO PER IL NIDO

CAPITOLO 11

In pochi giorni cominciò a muovere l'ala, a uscire dal cespuglio, a fare i primi voli. Salita su un piccolo gelso aprí le ali, gonfiò le piume e si fece scaldare dalle carezze di Palla di fuoco che faceva ormai ribollire la terra. Un chiaro mattino la passeretta disse a Cipí:

– Sono guarita! Ho una voglia matta di giocare! Vieni?

– Via! – gridò Cipí, e si lanciarono tutti e due nel cielo gridando di felicità.

Che corse pazze quei giorni! Dal grande albero dalle palline rosse al nastro d'argento, dalla cima della collina alle nuvolette rosa, dalla bandierina della torre all'erba dei prati, li portava l'irresistibile desiderio di volare, di giocare, di vivere finalmente liberi.

Quando Mamí li vide, esclamò: – Che matti! Dio li fa e poi li accoppia!

Qualche volta, a sera, ansanti s'accorgevano... di non aver mangiato.

– Che importa? – gridava Cipí.

– Mangeremo domani! – sospirava Passerí. E si addormentavano stanchi e felici dove capitava: sotto una tegola o sul fieno o sotto le stelle, l'uno accanto all'altra, cosí vicini che il battito dei due cuori pareva un battito solo.

Un giorno però decisero: – Adesso basta giocare, ci mettiamo al lavoro e facciamo la nostra casetta.

– Parola di Cipí! – disse lui.

– Parola di Passerí! – disse lei.

E si misero a cercare un posto quieto e sicuro.

– Sarebbe bello in riva al nastro d'argento, vicino agli occhi colorati dei prati! – sospirò la passeretta.

– Sarebbe bello... ma l'uomo ci porterebbe via i piccoli! – osservò Cipí.

– E sulla vetta di quella pianta alta e snella che dondola ad ogni carezza di vento?

– Cullarsi al vento è bello, – rispose Cipí, – ma i nostri figli non saranno sicuri.

– E sul grande albero dalle palline rosse?

– Troppo chiasso!

– Io vorrei un posto da cui si vedesse sempre Palla di fuoco, – disse Passerí, impaziente di cominciare.

Cerca e cerca finalmente trovarono: sul palazzo dove Cipí era nato, proprio sullo spigolo del tetto opposto c'era una tegola libera: da lí si vedeva Palla di fuoco dal mattino alla sera, quando calava stanco al di là del nastro d'argento su una strisciolina verde cosí vicina all'acqua che se fosse stato un po' distratto qualche volta ci sarebbe cascato dentro.

– Qui faremo la nostra casa, – dissero, e si misero subito al lavoro.

LA GUERRA

CAPITOLO 12

Quella sera stessa, Palla di fuoco si era appena coricato quando il vento della collina, strisciando fra i comignoli, arrivò urlando: – Via! Via!

– Che c'è? – chiese Cipí sporgendosi fuor dalla tegola. Ma dovette ritirarsi in fretta, perché un altro vento, venuto dal mare, furioso gridava: – Uuuuu... uuuuu... fate largo! Passo io...!

– Cosa sarà successo? – ripeté Cipí incuriosito; stava per uscire quando i due venti si scagliarono l'uno contro l'altro, menando frustate a destra e a sinistra. Cipí, colpito da una frustata che gli scompigliò le piume, batté la testa contro la tegola.

– Vieni dentro! – gli raccomandò Passerí. – E stiamo quieti. Ma cosa fanno?

– Litigano, non senti?

– Ma perché?

– Non lo so.

Ora si udiva, confuso ai sibili delle frustate, il brontolio di qualcuno molto arrabbiato che s'avvicinava a grandi passi facendo traballare il cielo.

Le stelle, che avevano appena acceso il loro lumicino, senza fiatare lo spensero, si chiusero in casa e andarono a letto tremando. «Usciremo un'altra sera», pensarono. Solo una, in un angolino, non si decideva a ritirarsi: ma un nuvolone accese all'improvviso un suo potente fiammifero: tutto il cielo per un attimo ne fu illuminato. Allora anche l'ultima stella spense il lume e andò a letto.

Che notte! Il nuvolone brontolava: – Dove sono i nemici? Buuumm. Se li trovo li accomodo io! Buuumm –. E accendeva un altro fiammifero per scovarli. Cipí osservava meravigliato e tremante.

Il cielo era un campo di battaglia: ad ogni lampo si vedevano sempre nuovi combattimenti: svelte nuvole che scivolavano le une sopra le altre, nuvoloni neri che si guardavano minacciosi pronti a saltarsi addosso. Per tutta la notte si radunarono sonando trombe e tromboni ed al mattino si lanciarono all'assalto.

– Passerí, guarda, trottano come cavalli! – gridò Cipí indicando nuvole nere che in groppa al vento del mare assalivano il nuvolone venuto dalla collina.

– All'attacco! – urlava una nuvola alle compagne.

– Sterminateli tutti! – ordinò il nuvolone con un rombo che fece tremare le tegole.

Le nuvole galoppanti si lanciarono alla carica

contro il muro nero e ad un tratto partí una cannonata: ma il proiettile rimbalzò a zig zag contro le corazze, crepitò e tirandosi dietro il fuoco sbatté con la testa contro la terra che sobbalzò.

A Cipí si rizzarono le piume sul capo.

Le nuvole non cedettero, si unirono e ripeterono l'assalto: stavolta la cannonata trapassò il nuvolone e andò a scoppiare contro un albero, che s'incendiò.

Allora accadde il finimondo: piccole nubi veloci uscirono dal nuvolone come reattori e lanciarono una mitragliata di proiettili di ghiaccio che crepitarono sui tetti.

– Scappiamo! – gridò Cipí e si lanciò fuori; ma un proiettile lo colpí sul becco e lo fece sbandare: il passerotto fece dietrofront e tornò sotto la tegola vicino a Passerí. Anche gli altri passeri tremavano di paura e gridavano:

– Scappiamo al bosco! Andiamo via da qui!

– Restate qua! – gridava Cipí dalla tegola. – Fuori c'è la morte!

Molti però non l'ascoltarono.

– Io ho paura! Io scappo al bosco! – dicevano.

E Cipí: – Restate! Il tetto rimbomba, ma ci salva!

Purtroppo molti cedettero alla paura e si lanciarono fuori: qualcuno fu ucciso sulla soglia, altri caddero nel cortile, nessuno arrivò alle piante del bosco.

Intanto la guerra divampava: cannonate da ogni parte, assalti, comandi rabbiosi, nuvole disfatte gridavano con la camicia strappata, altre, impazzite, abbracciavano le nemiche credendole amiche, altre si scioglievano in pianto.

La guerra durò tutta la mattina e solo nel tardo pomeriggio Palla di fuoco riuscí a mettere un poco di ordine nel cielo devastato.

– Ecco che cosa capita a chi si azzuffa! Guardate come siete ridotte! – esclamò disperdendo le

ultime nuvole. Poi allungò le sue calde braccia nel cortile, nel bosco e sui prati a tirar su la testolina dei fiori e a carezzare pietosamente i corpi freddi dei passeri uccisi. Infine, alzò le sue lance dorate in un arco di meravigliosi colori che abbracciava tutta la terra in segno di pace.

Allora gli uccelli uscirono dai rifugi e ripresero la vita interrotta dalla guerra.

– Chi ha vinto la lotta? – si domandavano.

– Nessuno.

– Anche le altre volte?

– Sempre.

– E perché la fanno?

– Chi lo sa?!

TRE!

CAPITOLO 13

Quando il nido fu pronto, liscio, soffice e rotondo, Passerí vi depose tre uova e le covò.

Di giorno Cipí andava e tornava dal tetto ai campi in cerca di cibo per sé e la compagna, e alla sera si accovacciava accanto al nido in attesa del sonno.

– Nasceranno? – si chiedeva.

– Tutto andrà bene, – gli sussurrava la passeretta, – vuoi che lavoriamo tanto per nulla?

Qualche volta, quando il sonno tardava a venire, ascoltava i rumori della notte: ogni sera, chissà perché, le coppe di bronzo della torre si mettevano a litigare facendo un chiasso tremendo che correva per la campagna e faceva tremare le uova sotto il corpo di Passerí.

– Fortuna che il nido è molleggiato con la neve dei pioppi, – essa diceva, – se no le uova andrebbero a pezzi!

Il guaio era che a sentir quelle, anche le altre coppe di bronzo dei dintorni saltavan su a brontolare; dopo un po' però il chiasso cessava e la notte ritornava calma.

I figli di Cipí ruppero il guscio un mattino di settembre, mentre le rondini, lí vicino, parlavano della prossima partenza.

– Zitte! – gridò Passerí a tutte quante. Allora le rondinelle si fecero attorno al nido e la passeretta alzò le ali.

Erano nati tutti e tre!

Cipí saltò al collo di Passerí, l'abbracciò stretta e sparí.

Di buco in buco, di tetto in tetto, di pianta in

pianta, come aveva fatto la sua mamma quando era nato lui, gridò la sua felicità: – Tre! – diceva. – Tre! Sono tre!

Non gli uscivano altre parole, ma gli uccelli capivano cos'era accaduto.

Fatto il giro del paese, si ricordò di Margherí che gli aveva raccomandato di andare a raccontarle le belle notizie della sua vita, allora puntò verso il nastro d'argento e calò sul prato. Ma la margheritina non c'era piú perché l'uomo era appena passato col ferro tagliente e aveva reciso tutti gli steli, che allineati sul prato morivano a poco a poco.

– Margherí! – chiamò cercandola in lungo e in largo.

Una vocina soffocata sospirò: – Cipí!...

– Questa è la sua voce! – disse, cominciando a buttare all'aria con furiosi colpi di becco l'erba ammucchiata dalla falce.

– Dove sei, Margherí? Dove sei? – ripeteva.

– Son qui... – sospirò il fiore.

Cipí frugò ancora fra gli steli, finché la trovò, ormai morente, con la bella testolina schiacciata contro la terra.

– Oh, Cipí... hai fatto bene a venire... – disse appena fu liberata, rivolgendo al sole, con un estremo sforzo, i delicati petali bianchi.

Cipí l'afferrò col becco e la trasse fuori: – Io ti porto via, a vedere i miei piccini... sono tre, meravigliosi!

– Lasciami, ti prego, mio caro Cipí... ormai è finita... – sospirò, – lasciami morire qui, fra gli steli che furono i fedeli compagni della mia vita...

Allora Cipí la depose delicatamente sull'erba falciata, con la corolla al sole.

Con un filo di voce, la margheritina continuò: – Sono felice che tu sia papà... bravo Cipí... insegna loro ad amare le cose care e belle... salutami il sole e il vento... ah, come è breve la vita... – Riprese fiato un poco e poi sussurrò: – Ricordati sempre di Margherí... – e reclinata la testolina, spirò.

In quell'istante una bianca nuvoletta amica della margherita corse davanti al sole a dirgli, lagrimando, che il fiorellino che tanto l'amava era spirato e per un momento il prato restò in ombra, come parato a lutto.

E fu cosí che anche il vento lo venne a sapere: allora fermò la carezza che tanto piaceva a Margherí, e l'acqua del nastro d'argento, che aveva raccontato al simpatico fiorellino tante storie di paesi lontani, passò in punta di piedi, facendo cenno alle ranocchie di tacere.

Cipí s'alzò verso uno stormo di rondini che arrivavano e le avvertí: – È morta Margherí, il fiorellino poeta...!

Gli uccelli fecero larghi giri silenziosi sul prato fin che Palla di fuoco a poco a poco, con la faccia rossa di pianto, si coricò nel suo letto nebbioso.

Tornando accanto ai suoi piccoli che già lo chiamavano papà, Cipí non sapeva se ridere o piangere, perché era tanto contento, ma anche tanto triste.

– Povera Margherí, – sussurrò alla passeretta, – è morta proprio oggi che sono diventato papà...

LE VISITE

CAPITOLO 14

La prima a visitare i piccoli fu Mamí. Appena li vide esclamò: – Queste sono tre meraviglie! – e li baciò.

I piccoli sapevano già dire: pipí, pipà; piòpiò... e sgusciavano birichini sotto le ali della mamma che rispondeva alle loro chiamate con amorosa pazienza.

La seconda visita delle passere anziane fu quella di Beccodolce, che aveva il nido ai piedi della torre fumante; anche lei disse che passerotti cosí belli e vispi non ne aveva mai visti: – Quando si dice figli di Cipí e di Passerí s'è detto tutto! – esclamò.

La terza fu Piumaleggera che portò in dono una spiga intera scovata chissà dove.

Piú tardi venne anche Chiccolaggiú, cosí chiamata per la vista acutissima con cui scorgeva un chicco di grano al di là del nastro d'argento in una giornata senza sole.

– Belli! Magnifici! Bravi! – continuava a ripetere.

Poi venne Cippicippi, la piú anziana mamma del tetto.

– Quanti figli hai messo al mondo tu? – le domandò Cipí.

– Tre dozzine, – rispose Cippicippi, e subito si rattristò e soggiunse: – Due me li ha fatti fuori quel criminale di animale baffuto, altri sei sono partiti senza piú far ritorno.

Infine, vennero Piò, l'amico di Mamí, Beccoduro, Cipicipò e, a una a una, tutte le altre mamme del tetto: guardavano i piccoli di Cipí e raccontavano le gioie e le tristezze della vita.

Quella sera, dopo tante visite, accanto alla sua cara passeretta e ai figlioli, Cipí fantasticava: – Hai sentito, Passerí? Ci sono figlioli che partono e non tornano piú. Faranno cosí anche i nostri?

– Che strani pensieri hai! – rispose Passerí. – I nostri figlioli hanno un cuoricino buono e non dimenticheranno papà e mamma.

Cosí dicendo aprí le ali e Cipí entrò nel nido accanto ai piccini: e abbracciati si addormentarono.

PALLA DI FUOCO STA MALE

CAPITOLO 15

E arrivò il vento, che urlò alle rondini: – Si parte per il lungo viaggio sul mare!... Siete pronte?

– Sí sí, sí sí, – risposero le rondini; e per tutta la giornata si chiamarono, si radunarono e si prepararono alla grande avventura di ogni autunno. Salutarono gli amici passeri e il giorno seguente, quando puntualmente il vento arrivò, saltarono sulla sua groppa e sparirono nell'infinita vastità del cielo.

Che silenzio tutt'intorno, dopo la partenza delle rondini! Muta era la campagna e s'udivano di quando in quando i sospiri delle foglie gialle che, dopo aver tanto lavorato, salutavano con dolore l'albero e si staccavano da lui:

– Addio caro amico, ricordami!

– Addio! – rispondevano gli alberi sempre piú spogli, alzando le nude braccia al cielo.

Qualche foglia, molto affezionata al ramo, non voleva staccarsene e faceva sberleffi al vento.

– Via! Via! – gridava il vento scopando i rami, e certe volte accadevano baruffe.

– Lasciami in pace! – diceva la foglia.

– Non vedi che sei gialla ormai? – fischiava il vento.

– Che t'importa? Io resto! – gridava la foglia, agitandosi per non farsi staccare: e resisteva giorni e notti, ma alla fine, con un colpo deciso, il vento la strappava dal ramo e la spingeva lontano lontano, insieme con le compagne morte.

Tutto diventava ogni giorno piú triste: nei prati le ranocchie gracidavano: – Palla di fuoco sta male... gra gra... il nostro amico sta molto male... gra gra... ahinoi siamo perdute...

Da qualche tempo, infatti, Palla di fuoco si alzava di malavoglia, pallido, arrancava fra le nubi che gli sbarravano il cammino e solo di rado riusciva a mandare qualche tiepido raggio in giro per dimostrare che era ancora in vita; ma ben presto le forze gli mancarono e sparí in mezzo alle nebbie.

Ora lavorava forte il vento che, tornato dal mare piú robusto che mai, spingeva nuvole pigre e testarde, gridando:

– Largo! Largo! Devo riempire il cielo!

Pian piano ce la fece: il bel cielo azzurro, dove Cipí e la sua compagna fecero mille voli, diventò grigio come il fumo, senza un buchino da cui filtrasse un raggio di sole.

I piccoli passeri domandavano: – Perché Palla di fuoco non c'è piú?

I vecchi rispondevano: – Tornerà, ma per

rivederlo dovremo essere forti e coraggiosi: e non tutti lo rivedranno.

La vita dei passeri si era fatta molto dura: la pianta dai grappoli dolci, amica degli uccelli, fu spogliata dall'uomo che la coricò al suolo legandole le braccia; poi, forse credendola morta, la seppellí con terra e paglia. Di tanto in tanto passavano stormi di uccelli stranieri che gridavano ai passeri: – Venite con noi... cra cra... presto sarà la fame... presto sarà la morte... sarà!

Ma i passeri anziani dicevano ai giovani: – Noi non lasceremo mai la nostra patria, faremo dei sacrifici ma resisteremo! – E si preparavano cercando buchi profondi intorno alla torre del fumo che aveva già cominciato a mandare tutt'intorno un buon tepore e a lanciare dal buco nero nuvolette scure che stavano lí, indecise, sul cortile. Il vento, che adesso faceva anche da guardia civica, gridava: – Via! Girare al largo! – e le disperdeva.

Prima di dormire i passeri chiacchieravano un po' sulla gronda del tetto, gonfiando le piume per difendersi dalle punte di spillo di freddo:

– Quest'anno Palla di fuoco si è ammalato presto.

– Il cielo è pieno ormai, l'ora è vicina.

– Se c'è da lottare, eccomi pronto insieme a voi! – disse Cipí.

– Promettiamolo! – gridò Passerí. – Alla fine tornerà Palla di fuoco e la nostra vita ritornerà felice!

– Prometto! – gridarono i passeri dalla gronda.

In quel momento, di fronte alle minacciose nuvole nere che mettevano paura solo a guardarle, sentirono nel cuore una grande forza.

LE FARFALLE BIANCHE

CAPITOLO 16

Un mattino, mentre il vento faceva un pisolino sul fondo della vallata, le nubi si strinsero fra loro come tanti pecoroni.

– Sorelle nuvole, – cominciò una nuvoletta ai margini del gregge, – non sentite in voi qualche cosa di strano?

– È vero...! – gridarono le altre. – Le nostre goccioline si stringono per il freddo intorno ai granelli di pulviscolo e giocano a fare le stelline bianche.

– Da me una stellina si è staccata e vola giú come un paracadute! – gridò il nuvolone.

Un fiocco bianco danzava infatti leggero nel cielo gelido e diceva: – Sorelle goccioline, io volo, addio! Perché non diventate anche voi farfalline bianche libere e leggere? Perché non venite con me?

– A che fare?

– A trasformare i giardini spogli in ricami, le piante e le erbe in pizzi...!

– Veniamo... veniamo anche noi! – esclamarono alcune goccioline e la danza incominciò.

In poco tempo da ogni nuvola incominciarono a staccarsi sempre piú numerose lievi farfallette bianche che si lasciavano cadere lentamente, volando verso la terra.

Ogni nuvola pigra e scura si trasformò in milioni di farfallette volteggianti, ed era un bel gioco e taluna diceva: – Io voglio adagiarmi su quella pianta solitaria! – e un'altra: – Io voglio fare l'equilibrista sul filo!

Primi a vedere le farfallette bianche furono i

figli di Cipí che giocavano a contare le nuvole; gridando di gioia si lanciarono in volo per acchiapparle.

Ma i passeri anziani li ammonirono: – Fra poco, quando le farfalle avranno coperto la terra, non riderete piú!

– Perché? – domandarono i passeretti.

– Perché avrete fame.

E fu proprio cosí; dapprima le farfalle erano rade e trovavano tutte un posto sulla terra, poi divennero piú fitte e larghe e quando la terra fu coperta si accumularono le une sulle altre.

In poco tempo tetti, campi, alberi, siepi e cortili furono coperti di farfalle bianche e i passeri, smarriti e affamati, volavano dal tetto alla campagna in cerca di qualche chicco: raspavano, raspavano, ma non trovavano niente.

Il primo giorno nessuno riuscí a farsi il gozzo e i passeretti pigolavano: – Ho fame! Ho fame!

Cipí disse: – Amici, bisogna far qualcosa per questi passeretti, dobbiamo aiutarli; se qualcuno di noi trova cibo deve avvisarli: d'accordo?

– D'accordo! – risposero i passeri e partirono in cerca di cibo.

Cipí esplorò la riva del nastro d'argento, dove un tempo aveva conosciuto Margherí: tutto era sepolto sotto un manto soffice e impenetrabile di farfallette sulle quali, stanche di vagabondare, ne calavano sempre di nuove.

Cipí frugò sotto la sponda, vicino all'acqua, in su e in giú: niente.

Intanto le farfallette volteggiavano e cadevano sempre piú fitte e i passeri avevano sempre piú fame.

LA FAME

CAPITOLO 17

Beccodolce arrivò trafelata: – Cibo per tutti! Venite con me!

I passeri la seguirono.

Essa puntò verso un cortile e planò su una pianta: – Sotto quel porticato... – disse col cuore in gola, – ... vicino alla tana dell'uomo: grano!

Fra i passeri corse un brivido di piacere e i piú affamati stavano per lanciarsi, quando Cipí gridò: – Un momento!

– Noi abbiamo fame, non possiamo aspettare! – gli risposero.

– Anch'io ho fame, – gridò Cipí, – ma non

dobbiamo perdere il lume della ragione. Vediamo prima se c'è pericolo!

– Vedete là, – disse Beccodolce con l'acquolina in bocca, – è grano scelto... ce n'è per tutti!

Sul pavimento del porticato infatti, sotto una gabbia per pulcini sollevata da una cordicella, c'erano manciate di chicchi dorati che parevano dire: «Beccatemi».

Beccodolce osservò: – La gabbia è alzata, ci si passa...!

– Io vado! – esclamò l'ultimo nato di Piumaleggera.

Cipí si oppose: – Un momento compagni! Ieri, gabbia e cordicella c'erano?

– Ieri non c'era niente, – spiegò Beccodolce che veniva spesso in quel cortile.

– Stiamo attenti allora! Meglio la fame che la morte! – disse Cipí preoccupato.

E Passerí: – Quella cordicella dove va?

– Nella tana dell'uomo, – osservò Beccodolce.

In quel momento Cipí gridò: – Attenti! C'è lui!

Spaventati, i passeri lasciarono la pianta e volarono sulla gronda. E da lí videro la testa dell'uomo, che affacciatosi alla finestra, si era subito ritirato.

– Amici, qui c'è pericolo, andiamo via! – disse Cipí.

– Noi abbiamo fame! – piangevano i giovani passeri.

Passerí aggiunse: – Se noi andiamo là sotto a beccare il grano, lui tira la cordicella e noi restiamo intrappolati.

– Ma io ho fame! Ho tanta fame!

– Siate forti! Venite con noi in cerca d'altro cibo! – gridarono Cipí, Passerí e Beccodolce ai passerotti affamati.

– Io muoio di fame... io ci vado! – piangeva uno.

– Io non ne posso piú! – si lamentava un altro.

Tre passerotti cedettero: spiccarono il volo, si calarono vicino alla gabbia, s'infilarono sotto e beccarono.

Alla finestra era riapparsa la testa del nemico e nello stesso tempo la cordicella oscillò.

– Scappate! – gridò Cipí ai tre passeri.

Ma essi, invece di scappare, dissero agli altri:

– Ah, com'è buono! Venite anche voi!

Allora quasi tutti i passeri si avvicinarono alla gabbia.

– Vedete? Non succede niente! – disse uno dei tre. – Provate anche voi!

A uno a uno i passeri presero coraggio e cominciarono ad entrare.

– Dio mio, – gemeva Passerí, – ora si fanno prendere.

E Cipí gridava: – Entrate uno alla volta, non tutti insieme! Attenti!

Ma i passeri, spinti dalla fame, non capivano

piú nulla: entravano e beccavano avidamente i bei chicchi saporiti. A un certo punto, trac! La corda scattò e la gabbia si abbatté sul pavimento facendone prigionieri una dozzina.

Subito uscí sghignazzando l'uomo, che ad uno ad uno li catturò e li ammazzò.

Beccodolce e le altre mamme gridavano disperate, ma ormai non c'era piú nulla da fare.

– Bisogna cercare dappertutto senza stancarsi, – disse Cipí, – bisogna andare dove non c'è pericolo e resistere di piú alla fame!

Poi, insieme con Passerí e con i superstiti partí in esplorazione.

NEL POLLAIO

CAPITOLO 18

In un altro cortile c'era un pollaio socchiuso, ma la casa dell'uomo era vicinissima: dietro i vetri si scorgeva la sua testa che tratto tratto spiava. I passeri, guidati da Cipí, si allinearono sopra il muro del cortile.

– Io dico che là dentro c'è del buono! – disse Beccodolce che non ne poteva piú dalla fame.

– Stavolta, se c'è, ce lo pappiamo senza farci prendere, – disse Cipí, – vado io a vedere!

Planò sul cortile coperto di farfalle bianche, si avvicinò all'uscio socchiuso, entrò di scatto e subito uscí, poi volò dai compagni: – Impasto giallo buonissimo, ce n'è per tutti, – disse.

– Io vado! – sospirò Beccodolce che non capiva piú nulla.

– Un momento! – gridò Cipí. – Non facciamo la fine degli altri! Lui è là e ci guarda!

– Ma io ho fame!

– Anch'io! – gridò Cipí. – Ma ragiono. Se mi ubbidite forse riusciamo a mangiare tutti senza farci prendere.

– Come si fa? – chiese Beccodolce con un filo di voce.

Cipí spiegò il suo piano: – Qui non c'è il filo e «lui», per prenderci, deve uscire a chiudere l'uscio: noi entreremo due per volta e quelli che sono fuori, quando vedranno «lui» uscire, grideranno: «Pericolo!». Intesi?

– D'accordo, – dissero i passeri.

– Un'altra cosa! – aggiunse Cipí. – Dobbiamo fare

in fretta; io, ad ogni turno, conterò fino a dieci e poi dirò: «Cambio!». A questo comando chi è dentro deve uscire anche se ha ancora fame; non importa farsi il gozzo, importa non morire!

– Comincio io? – domandò Beccodolce.

– Cominceremo dai piú giovani. Io e Passerí saremo gli ultimi. Pronti?

– Pronti! – risposero tutti.

I primi due scesero, entrarono nel pollaio e beccarono con avidità.

– Ah, finalmente un po' di cibo!

Fuori, intanto, scrutavano nel polverio delle farfallette che volteggiavano fitte, le mosse dell'uomo. Dopo un po' Cipí gridò: – Cambio!

I due passeri abbandonarono il cibo e volarono sul muro a fare da sentinelle: altri due entrarono.

– Dobbiamo far presto, – comandò Cipí, – cosí faremo piú turni.

In quell'istante alla finestra apparve l'ombra del nemico.

– Pericolo! – gridarono tutti insieme. E i due che erano dentro fuggirono come razzi. Poi l'ombra scomparve ed essi ritornarono a beccare.

– Vedete? – spiegava Cipí. – «Lui» ci sta osservando ed aspetta che entriamo nel pollaio per catturarci tutti insieme. Ma si sbaglia!

– Bravo Cipí! – disse una voce.

– Silenzio! – ordinò Cipí. – Non facciamo rumore, potrebbe costare caro ai nostri amici che beccano! – Poco dopo ordinò: – Cambio! – e altri due entrarono.

In poco tempo tutti riuscirono a beccare un po' d'impasto giallo. Cipí entrò per ultimo insieme a Passerí e subito dopo cominciò il secondo turno. Fu in quel momento che il nemico, spazientito perché i passeri non entravano tutti insieme, uscí dalla casa e corse verso il pollaio.

– Pericolo! Pericolo! – gridarono a tutta voce le sentinelle.

I passeri scattarono verso la luce ma solo uno riuscí a fuggire. L'altro lottò a lungo col nemico armato di scopa e alla fine, colpito alla testa, stramazzò al suolo.

– Aveva troppa fame, non è scappato subito con me, – disse quello scampato.

Quando l'uomo uscí, chiuse il pollaio e i passeri se ne andarono in cerca di altro cibo, affamati e delusi. E le farfallette, indifferenti, non smettevano di danzare e di cadere.

BOCCONI GIALLI

CAPITOLO 19

Trovare altro cibo fu impossibile: la terra era ormai coperta da uno strato altissimo di farfalle bianche sulle quali calavano senza posa milioni di sorelle che scherzavano felici nell'aria, ignare della tragedia degli uccelli. Per quanto tentassero di scavare, la terra ormai non si toccava piú e ogni sera, quando rientravano affamati e intirizziti, Cipí e gli altri dovevano spostare le farfalle che s'erano appoggiate davanti alle tegole.

Cipí e Passerí gonfiavano le piume, avvicinavano i corpi freddi e si addormentavano sperando che la danza bianca una buona volta finisse.

Una sera, stanca e avvilita, Passerí uscí dal buco e disse alle farfalle bianche: – Il vostro gioco è bello ma dura da troppo tempo. Avete coperto tutto e noi stiamo per morire di fame... ritornateci la tranquillità!

Avranno sentito? Non avranno sentito? Il fatto è che il mattino seguente solo qualche sperduta farfalletta vagava nel cielo, ormai moribonda, sospirando: – Come sono sfortunata! Ho voluto aspettare a scendere ed ora nessuno gioca con me!

Cipí e Passerí si abbracciarono dalla gioia e andarono a svegliare gli altri, poi insieme fecero un giro esplorativo sulla campagna che, se non fosse stato per la fame che stringeva lo stomaco, a guardarla sarebbe stato uno spettacolo meraviglioso: gli alberi avevano una bianca parrucca, i prati dormivano sotto lenzuola ricamate, certi comignoli avevano messo una ridicola cuffia da notte e i pali avevano un cappellino bianco. Solo le facce delle case erano, chi sa perché, scure e imbronciate.

Poco dopo Chiccolaggiú lanciò un altissimo grido: – Cibo! – E via tutti dietro a lei.

In mezzo a un cortile c'era un boccone giallo che pareva dire: «Son qui per voi, non scendete?».

– L'ho visto prima io... è mio! – disse Chiccolaggiú planando sul cortile. Ma Cipí la fermò: – Un momento! Pericolo!

A quell'avvertimento tutti, compresa Chiccolaggiú, volarono sul tetto del porticato e si misero a discutere.

– «Lui» non c'è, la sua casa è lontana, – esclamò Chiccolaggiú.

– Ma ci sono le sue impronte, guarda! – osservò Cipí.

Tutti allora distolsero lo sguardo dal boccone e osservarono perplessi le orme dell'uomo.

– Ieri, il boccone c'era? – domandò Cipí.

– No, – rispose una passeretta.

– Amici, qui c'è pericolo, – esclamò allora Cipí. – Meglio andar via.

– Un boccone cosí bello e grosso! – esclamarono alcuni con l'acquolina nel becco.

– Il boccone è mio ed io vado a mangiarlo! – soggiunse Chiccolaggiú.

Cosí dicendo spiccò il volo e scese accanto al boccone, ma Cipí l'inseguí e quando le fu vicino le disse: – Se l'uomo ha portato sin qui il boccone, il pericolo ci deve essere. Sta' attenta!

– Ma io muoio di fame!

– Sii forte, Chiccolaggiú... guarda... osserva bene... non vedi che il boccone sta ritto sulla punta?

– È vero! – osservò la passera meravigliata.

– Guarda, guarda... il boccone è infilato! – scoprí Cipí. – E le farfallette sono state levate e rimesse... vieni via Chiccolaggiú... troveremo altrove –. E i due passeri risalirono sul tetto.

– Amici, – spiego Cipí. – Il boccone è un tranello, dobbiamo lasciarlo là. Andiamo via!

E si slanciò per dare l'esempio. Ma i passeri non lo seguirono. Rimasero incantati davanti a quel grosso boccone e dicevano: – E se invece è buono?

Ad un tratto un passero non resistette piú: senza dir niente si lanciò sul boccone e nell'istante che lo beccò scattò una molla e il passero restò strozzato.

Un brivido corse fra i passeri: Chiccolaggiú addirittura tremava.

– Amici, dobbiamo essere piú forti! – gridò Cipí tornato sul tetto.

Quasi subito uscí l'uomo e i passeri videro tutto: raccolse l'uccello morto, levò dal becco il boccone, lo riaccomodò sulla trappola e dispose questa di nuovo sotto la neve. Un animale baffuto che aveva osservato la scena da lontano, scese dal fienile lentamente e pensò: «Adesso il primo che ci casca me lo pappo io!».

Anche in altri cortili i bocconi gialli vennero disposti dall'uomo e c'era sempre qualche passero che, ormai sfinito per il lungo digiuno, ci lasciava la vita.

Quell'inverno fu terribile; il freddo, la fame e il mistero del signore della notte, che ora vi racconterò, uccisero quasi la metà dei passeri del tetto di Cipí.

IL SIGNORE DELLA NOTTE

CAPITOLO 20

Una fredda sera che il sonno tardava a venire, Cipí si sporse dalla tegola e vide un fatto straordinario: nel muro della casa di fronte c'era un buco tutto nero e ad un tratto in quel buco si accesero due scintille che allargandosi sempre di piú mandarono tutt'intorno infiniti raggi dorati, e questi raggi erano cosí brillanti che Cipí ne fu abbagliato.

– Passerí, vieni a vedere!

– Nel buco nero ci sono due luci... ah, sono sparite! – brontolò Cipí.

Uscí dalla tegola, volò su quel tetto, ispezionò:

nulla. – Eppure le luci erano là! – esclamò indicando il buco.

La passeretta fece una risatina poi disse: – Là c'è la casa del signore della notte, il vecchio saggio dagli occhi parlanti.

– E chi sarebbe codesto vecchio saggio?

– Ma guarda un po'! Si dà tante arie e non sa nulla! – disse ridendo Passerí. – Il vecchio saggio vive là da tanto tempo, dicono che sia sempre stato là dentro. La mamma della mia mamma diceva che la sua bisnonna già lo conosceva e che lui è vecchio come il mondo e che non morirà.

– O bella... – disse Cipí, – ... ma lui chi è?

– Dice che lui è al mondo per proteggere noi poveri uccelli; la mia povera mamma ci andava spesso da lui e lui le diceva buone parole che l'aiutavano a portare pazienza.

– O bella... – ripeté Cipí, – ma si può sapere chi è lui?

– Un uccello! – spiegò Passerí.

– Un uccello come me e te?

– Oh no... i suoi occhi sono come due soli, il suo grosso becco è uncinato, la sua testa soffice e piumata e le sue ali, quando vola, sono silenziose come le nuvole.

– O bella... – interruppe Cipí, – io non l'ho mai visto volare, e tu?

– Lui non ha bisogno di volare come noi... sta sempre chiuso nel suo castello, disdegna la luce del mondo...

– E non mangia?

– Dicono che si nutre di raggi di luna, di ombre di comignoli; quando ha sete beve il tremolio delle stelle...

– O bella... – continuò Cipí sempre piú meravigliato, – ma dimmi, se non mangia come noi, perché ha il becco?

– L'avrà per parlare.

– Ma se parla con gli occhi.

– Uffa, come sei curioso! – concluse Passerí ritornando a dormire.

Ma Cipí era poco persuaso e brontolò: – Io ci credo poco che lui abbia un grosso becco uncinato soltanto per parlare... mi sbaglierò, ma qui sotto c'è un mistero... e se c'è lo voglio scoprire!...

CIPÍ POLIZIOTTO

CAPITOLO 21

Il giorno seguente cominciò a interrogare gli uccelli del tetto.

– Lo sai tu chi c'è là dentro? – chiese a Piumaleggera.

– Quella è la casa del signore della notte, – rispose la passera.

– E chi è questo signore della notte?

– È il protettore degli infelici, conforta chi ha una pena, aiuta chi ha bisogno.

– Io vorrei sapere perché ha il becco tagliente

se lui mangia le ombre dei comignoli e beve il tremolio delle stelle! – domandò Cipí a un vecchio passero.

– Non temere per questo, – consigliò il vecchio passero, – vivi felice con la tua passeretta e lascialo in pace: è un tipo strano che racconta storielle a chi è nei guai, ma credo che non faccia male a nessuno.

– Quel tipo non mi piace affatto! – brontolò Cipí. – Perché di giorno non si fa mai vedere? E se non mangia come noi perché ha il becco appuntito? Io dico che lí sotto ci sta un mistero... e se c'è, presto o tardi lo scoprirò!

E se ne andò da Beccodolce.

Beccodolce era molto triste, e disse perché: – Da tre giorni il piú buono dei miei ultimi figli è partito da casa e non l'ho piú visto. Era andato a conversare, sul far della sera, con due stelline che l'avevano invitato sopra i tetti, e non è piú tornato...

«Sul far della sera? Due stelline? E non è piú tornato?» ripeteva Cipí preso da un dubbio. E subito domandò: – Conosci il signore della notte?

– Sí, – rispose quella, – ci sono andata subito da lui...

– E lui che cosa ti ha detto?

– Mi ha detto che i figlioli spesso lasciano la famiglia per andare in cerca della felicità, e non tornano piú... Mi ha detto tante parole belle per farmi coraggio, ma il mio cuore è a pezzi e non so darmi pace.

– In cerca della felicità? – brontolò Cipí sbirciando il buco di quel signore. E via di corsa da Chiccolaggiú.

– A te non sono mai scappati dei figlioli? – le chiese Cipí a bruciapelo.

– A me non capiterà mai! – esclamò Chiccolaggiú, e alzando il ciuffo con gesto minaccioso, aggiunse: – Guai se tentassero! Lo so che da un po' di tempo sul nostro tetto c'è la moda di scappar da casa... ma si provino i miei figli!

Cipí, incuriosito, chiese: – Dagli altri tetti i passeretti fuggono?

– Uno del bosco m'ha detto che là nessuno se ne va.

«O bella... – pensò Cipí, – questa cosa è davvero misteriosa». E poi domandò: – Tu, il signore della notte, lo conosci?

Chiccolaggiú scoppiò in una risata.

– Alla larga da chi vive nell'ombra, – disse.

Poco dopo il passero poliziotto era da Cippicippi.

– Quanti figli hai messo al mondo tu? – le domandò Cipí.

– Tre dozzine, – rispose la passera, ma subito si rattristò e soggiunse: – Due me li ha fatti fuori quel criminale di animale baffuto, altri sei sono partiti senza piú far ritorno.

– Sul far della sera?

– Sí.

– Erano andati a parlare con le stelline?

– Sí, ma tu, come lo sai?

Cipí non rispose: d'un balzo tornò sotto la sua tegola e disse alla sua compagna: – Sai Passerí? Ci sono passeretti che vanno a parlare con le stelline e non tornano piú. Su questo tetto c'è un mistero che bisogna scoprire, e se tu mi aiuterai...

Ma la parola gli morí in gola perché davanti ai suoi occhi apparve uno spettacolo meraviglioso.

IL MISTERO SVELATO

CAPITOLO 22

Due stelle calate in quel momento dal cielo si erano fermate di fronte a Cipí ed avevano cominciato a giocare fra loro, roteando e diffondendo tutt'intorno bagliori accecanti. A un certo punto la loro luce si fece rossa come il fuoco e sprizzando scintille azzurre, una stellina con voce gentile si mise a parlare cosí: – Cari uccellini, perché quando arriva la meravigliosa notte scappate sempre nei rifugi a dormire?

Subito l'altra stellina sprizzò scintille verdi e continuò: – La notte è incantevole: passa la luna regina del cielo e noi stelline le facciamo ala riverenti come tante damigelle di corte. Perché la fuggite?

Appena questa voce tacque, l'altra incominciò: – Noi siamo venute dal cielo per portarvi nel paese della felicità senza fine. Non abbiate paura delle ombre... fissate la nostra luce e venite... fissate la nostra luce e venite... venite...

Cipí, che sino a quel momento era rimasto senza fiato, sussurrò a Passerí: – Vieni a vedere, Passerí... due stelle del cielo sono calate sul tetto e parlano...

La passeretta, incuriosita, si fece accanto a Cipí.

Le luci delle due stelle intanto non si stancavano di invitare: – Ogni sera, appena Palla di fuoco è scomparso, noi verremo a conversare con voi, gentili passeretti... Fissate la nostra luce e venite senza paura... fissate la luce e venite...

Passerí fu percorsa da un brivido, si strinse a Cipí e sussurrò: – Ho paura, Cipí, tanta paura...

– Paura di due stelline discese dal cielo?

– No, Cipí, – esclamò la passeretta tremando tutta, – quelle non sono due stelline... quelli sono gli occhi parlanti... non vedi che dietro a loro c'è un'ombra nera? È lui!

A quelle parole Cipí fece un salto indietro: – È lui! Sí, è vero... quella è la testa... quello è il becco uncinato... uh, che unghioni ha!

Allora in silenzio si ritirarono sotto la tegola e, da una fessura dalla quale potevano vedere senza essere visti, osservarono la scena.

– Fissate la nostra luce e venite senza paura... noi vi porteremo dove c'è la felicità! – ripetevano gli occhi parlanti senza stancarsi mai.

A quel punto si sentí sui tetti uno zampettio leggero: due uccellini si avvicinavano incantati alle luci che continuavano a ripetere: – Avanti, cari uccellini, non abbiate timore, noi vi portiamo nel regno della felicità senza fine...

– Li conosci? – chiese Cipí alla compagna.

Le due luci mandavano ora bagliori vivissimi ed era facile riconoscere tutt'intorno le cose.

– Uno è il figlio di Cippicippi e l'altro mi pare il figlio di Chiccolaggiú.

– Avvertiamoli! – disse Cipí. Ma non fece a tempo ad aprir becco perché i due uccellini in quell'istante spiccarono il volo verso le luci e quando arrivarono là, il signore della notte li afferrò con gli unghioni, spense le luci e la notte tornò buia e silenziosa come prima. Dove c'erano le stelline restò, vuoto e nero come una tomba, il buco del signore della notte: degli uccellini nessuna traccia.

– Mascalzone! – esclamò Cipí. – Altro che nutrirsi di ombre di comignoli!

– È incredibile... è una cosa incredibile... – ripeteva sbalordita Passerí. – Ora che il mistero è svelato ho paura, tanta paura che lui ci faccia del male. Ucciderà i nostri figli?

– Per i nostri figli e per tutti dobbiamo fare qualcosa, – concluse Cipí.

E tutta la notte pensarono che cosa avrebbero potuto fare.

ASSEMBLEA

CAPITOLO 23

Prima che facesse giorno Cipí si diresse verso il nido di Cippicippi e quando vide la passera cercare disperata il figlio scomparso, si posò titubante sopra un comignolo.

La mamma frugava in ogni buco e intanto piangeva sommessa: – Mio piccolo tesoro, se mi senti... se sei ancora vivo... vieni dalla mamma tua che ti vuole tanto bene!

Il lamento si diffondeva tutt'intorno e svegliava tutti, anche i piú dormiglioni. I passeri sporgevano il capo dalle tegole e commentavano sottovoce:

– Poveretta è il settimo che l'abbandona.

– Dove si sarà ficcato?

– Chi lo sa!

– Su questo tetto non c'è mai pace!

– Mi pare di sentire anche Chiccolaggiú, stamattina, che strilla!

Infatti anche Chiccolaggiú, dall'altra parte del tetto, cercava furibonda il figlio scomparso: – Se lo trovo gli faccio perdere io il vizio di uscire di notte! Ed io credevo di aver allevato dei figli per bene! – Malediceva e piangeva, povera Chiccolaggiú, e faceva pena a sentirla.

Cipí si fece coraggio, planò accanto a Cippicippi e disse:

– Io so dove è andato il tuo figliolo, ma adesso non te lo dico, voglio che lo sappiano tutti dove vanno a finire quelli che scappano da casa, cosí nessuno fuggirà piú!

– Tu sai dov'è il mio piccino? Dov'è? Ti supplico

Cipí, dimmi dov'è il mio piccolo! – e si mise a urlare quella povera mamma.

Ma Cipí proseguí:

– Appena Palla di fuoco sarà sulla bandierina, trovatevi tutti sulle braccia del grande albero; là vi racconterò quel che ho visto. È una cosa importante, Cippicippi, non mancare, e avvisa gli amici del tetto!

La povera madre voleva chiedere ancora qualcosa, ma Cipí le fece cenno di non insistere:

– Tutti sul grande albero! – disse e andò da Chiccolaggiú.

– È inutile che tu gridi: tuo figlio è innocente, io ho visto dov'è andato!

– Dov'è quel mascalzone? – urlò Chiccolaggiú.

– Appena Palla di fuoco sarà sulla bandierina di latta, vieni con gli amici del tetto sul grande albero: là te lo dirò. Non mancare! – E sparí.

Subito Chiccolaggiú e la povera Cippicippi si diedero da fare per avvisare i passeri del tetto e quando Palla di fuoco lasciò la groppa dei due carabinieri pioppi per salire in cima alla bandierina, il grande albero era già gremito.

In primo piano, fra i giovani irrequieti e tumultuanti c'erano Chiccolaggiú e Cippicippi, mute, tristi, con gli occhi rossi di pianto e le piume scomposte.

Quando arrivò Cipí tutti fecero silenzio.

– Cari compagni del tetto, – incominciò Cipí con voce un po' tremante, – da qualche tempo molti passeretti spariscono e non tornano piú a casa: stanotte altri due se ne sono andati, ingannati dalle false parole di un mostro che li invita nel paese della felicità e poi li uccide...

– Come puoi dir questo? – interruppe minaccioso un passero sopra di lui.

– Perché io e Passerí questa notte l'abbiamo visto

e poco mancava che anch'io facessi quella fine, – gridò Cipí col cuore in gola.

Un mormorio corse per tutti i rami e subito la voce minacciosa disse:

– Se sai qualcosa, parla, e guai a te se menti! – Era Chiccolaggiú.

– Dimmi dov'è il mio figliolo, te ne prego! – supplicò Cippicippi.

– Amici, la verità è questa: il signore della notte inganna i nostri passeretti, li attira con false parole e li uccide.

– L'hai proprio visto coi tuoi occhi? – disse una voce.

– Sí, la notte scorsa io e Passerí vedemmo i figli di Chiccolaggiú e della povera Cippicippi fare quell'orrenda fine; e se Passerí non mi avesse trattenuto, io stesso sarei caduto nell'inganno.

– Canaglia! – esclamò un passero dalla cima

dell'albero. – Lo dicevo sempre io che quel tipo era un poco di buono!

– Silenzio! – gridò un altro. – Si fa presto a dire canaglia, ma sarà vero? In queste notti luminose che sembrano già di primavera si può confondere il sogno con la realtà... Io voglio che Cipí dica tutto quello che ha visto!

IL RACCONTO DI CIPÍ

CAPITOLO **24**

Si fece un silenzio di tomba.

E Cipí raccontò: – Fu ieri sera: stavo aspettando il sonno quando vidi calare sul tetto due stelline che con belle parole invitavano gli uccelli nel paese della felicità. Io chiamai Passerí e lei, appena si affacciò, si accorse che dietro a quelle luci colorate c'era un'ombra nera.

– È vero, – disse Passerí.

E Cipí: – In quell'istante sentimmo zampettare e fu ancora Passerí a riconoscere i figlioli di Chiccolaggiú e di Cippicippi che, ormai incantati dalle parole, andavano verso le luci. Volevamo avvertirli ma non ne avemmo il tempo perché i due uccelli spiccarono improvvisamente il volo verso gli occhi del mostro, il quale li afferrò e li uccise...

A quelle parole salí al cielo un altissimo grido di Chiccolaggiú che, perduta ogni speranza di ritrovare il figliolo, sfogava il suo dolore.

– Le luci si spensero, – terminò Cipí, – il mostro ritornò nel buco e la notte tornò tranquilla come prima. Amici, questo io non ve l'ho detto per darvi un dolore, ma perché voglio che nessuno piú fugga da casa. Stiamo in guardia, amici! E facciamo qualche cosa!

– Anche l'altro figlio m'aveva detto che aveva un appuntamento, – gemeva Cippicippi, – non ci si può fidare piú nemmeno delle stelle...

– Ma non erano stelle, Cippicippi, erano gli occhi di quella canaglia! – spiegò il solito passero dalla cima dell'albero.

– Allora spiegatemi, – disse Cippicippi, – perché le altre volte quando sono andata da lui, i suoi occhi luminosi mi dissero parole buone, le sole parole buone che diedero un po' di pace al mio cuore? Se è un assassino, perché non uccide anche me?

– È vero! – dissero a destra.

– Ti rispetta perché tu sei una mamma, – si gridò a sinistra, – e gli procuri il cibo!

Un passero vecchio del tetto, già tutto spelacchiato dal tempo, disse: – Io ho sempre sentito parlar bene di lui, non sarà questa testa calda di Cipí a cambiare il mondo!

– Viva Cipí! – gridarono alcuni passeri.

– Abbasso Cipí. È un bugiardo! Viva il signore della notte! – risposero altri.

– A morte!

– Calma! Calma!

Sul grande albero si scatenò in breve una tremenda confusione: passeri che credevano a

Cipí e altri che credevano al signore della notte cominciarono a offendersi e a calunniarsi e Cipí non riusciva a calmarli: dalle parole passarono alle beccate e ci fu qualcuno che nella rissa perdette alcune piume.

– Fate la pace! Basta, – supplicava Cipí, ma nessuno l'ascoltava. Col cuore spezzato si ritirò sul carabiniere di sinistra seguito dai pochi passeri che gli avevano creduto e da lí osservò quelli rimasti; alcuni lo guardavano con occhio torvo e fra essi c'erano tante madri, compresa Chiccolaggiú che, con la testa fra le ali, singhiozzava cosí forte da far sussultare il ramo.

AL CASTELLO ANTICO

CAPITOLO 25

Passerí disse: – Noi passeri del tetto abbiamo sempre avuto fiducia del signore della notte e ci sembra impossibile che sia un assassino. Io e te l'abbiamo visto, ma gli altri che cosa hanno visto? Niente! Fin che non avranno prove, non crederanno!

– Ma gliel'ho detto io che l'ho visto! – brontolò Cipí.

– È troppo poco per far cambiare idea agli altri... quando anche loro vedranno, crederanno.

– Però potevano fare a meno di dire che sono un bugiardo! Io ho detto la verità per il bene di tutti!

– Sii calmo, Cipí, vedrai che la verità presto o tardi viene sempre a galla... piuttosto diamoci da fare per cercare delle prove!

– Viva le cose giuste! Via gli imbroglioni dal nostro tetto! – esclamò Cipí. E cominciò subito a insegnare ai suoi figlioli le storie vere della sua vita che li facevano restare a becco aperto. Narrava che cosa accade a chi precipita nel buco nero della torre fumante e a chi fugge dal tetto quando c'è la guerra dei nuvoloni, narrava che l'animale baffuto finge di dormire ed ha gli artigli affilati (e mostrava il didietro ancora graffiato); insegnava a stare alla larga dall'uomo, specie quando ha fra le mani la canna lucente (e mostrava le cicatrici di Passerí); diceva che le stelle del cielo non vengono a giocare sul tetto coi passeretti (e mostrava il buco dicendo: «Là c'è l'orco dal becco uncinato che ammazza chi si incanta!»). Però raccontava anche le storie belle delle cose del mondo: i vestiti colorati che gli alberi mettono a primavera, il festival delle api, la vita e la morte di Margherí e le altre incantevoli storie della vita. Poi li portò a visitare i posti dove gli altri passeri facevano i nidi e cosí parlava con tutti: con quelli degli altri tetti, con quelli del giardino, con quelli della torre, e a tutti chiedeva: – Scappano di casa i vostri passeretti?

– Scappare? Cosa vuol dire? – gli rispondevano.

– Qui da voi c'è un signore della notte?

– Chi è? – domandavano.

– Felici voi che non lo conoscete! – gridava Cipí.

Un giorno capitò sui tetti di un castello antico.

– Scappano di casa qui?

– Ahimè, siamo disperate! – gridarono alcune mamme.

– Tutti i giorni se non è uno, sono due che se ne vanno.

– Tutti i giorni? Vorrete dire tutte le notti! – precisò Cipí.

– È vero, spariscono di notte. Ma tu come lo sai?

– Ditemi, – continuò Cipí, – c'è vicino a voi un signore della notte?

– Ne abbiamo due, – risposero le mamme, – perché la nostra famiglia è grande ed uno non basterebbe a consolare le povere madri disperate!

Cipí si arrabbiò, ma poi, ricordando le parole di Passerí (bisogna portare le prove), si calmò. Intanto le mamme lo supplicavano: – Se sai dove sono andati i nostri figli, dillo! Non farci stare in pena!

– I vostri figli vanno a finire nella pancia dei signori della notte! – gridò e le lasciò là con tanto di occhi per la sorpresa.

Mentre tornavano una voce li chiamò: – Ehi, voi!

Cipí e i figlioli si voltarono e si trovarono accanto un passero arrabbiato che disse a Cipí: – Io sono del castello antico. Mi hanno detto che sei venuto là a dir male di chi ci protegge!

– Anch'io prima credevo che i signori della notte fossero amici, e poi ho scoperto che uccidono i passeretti che credono nell'incantesimo! – rispose Cipí.

Quel passero allora si buttò con impeto su Cipí e con un colpo di becco gli strappò alcune piume: – Toh, bugiardo! – gridò. – E guai se lo dici ancora!

Cipí, attaccato all'improvviso, sbandò, ma subito riprese il volo diritto e rispose: – È la verità!

Ma quello, picchiando come una furia, gli diede un'altra beccata e stavolta gli fece sanguinare il capo.

– Smettila... torna a casa se no... – ammoní Cipí.

– Provati! – urlò minaccioso quell'uccello slanciandosi col becco aperto su Cipí. Ma questa volta Cipí non si lasciò sorprendere: con una finta evitò l'attacco, si alzò di scatto, piombò come una saetta sull'avversario e lo beccò: – Vattene! – gli gridò.

Quello, irato, si gettò a becco aperto su Cipí. Ma ancora una volta Cipí riuscí a schivarlo, ad alzarsi, a piombare in picchiata e a dargli un'altra beccata sul dorso. E cosí cominciò una furibonda lotta che i tre piccoli seguivano da lontano, timorosi di vedere da un momento all'altro il papà cadere morto. Poco dopo invece si vide il passero prepotente, con le piume scompigliate, fuggire gridando: – Basta! Basta! Mi arrendo!

Cipí lo lasciò andare e quello se ne fuggí scornato e rabbioso verso il castello antico.

I figlioli fecero festa a Cipí e a casa raccontarono a Passerí la splendida vittoria di papà. Ma Cipí era molto triste. Disse: – Poveretto... ora odierà me e non capirà piú chi è il suo nemico...

Una passera chiacchierona che aveva visto la lotta da lontano andò da Cippicippi e dalle altre mamme a raccontare l'accaduto e diceva:

– Quel Cipí non mi piace. Oltre che bugiardo

s'è fatto anche prepotente. Ha picchiato uno del castello antico che non gli aveva fatto niente, poverino! Da quando gli è venuta la mania contro il signore della notte è proprio diventato cattivo! Le idee moderne lo hanno rovinato!

LA PROMESSA DEL VENTO

CAPITOLO 26

Cipí e Passerí capirono che per convincere i passeri bisognava avere le prove e una notte supplicarono la luna: – O bella e gentile regina della notte, dacci una prova che il signore della notte uccide i nostri amici!

La luna, che saliva gobba la scalinata del cielo fra un corteo di stelle che facevano ala al suo passaggio, si fermò un momento e rispose: – Il signore della notte da piú di mille anni è amico mio, egli riceve e conserva i miei raggi e con i suoi bellissimi occhi mi accompagna per le vie del cielo e mi fa le serenate. Perché dovrei tradirlo?

Rivolgetevi a Palla di fuoco che è vostro amico! – e riprese il cammino.

Allora si rivolsero al sole: – O grande e potente amico, dacci la prova che il signore della notte è l'assassino dei passeretti!

Palla di fuoco stette un po' sopra pensiero poi disse: – Il signore della notte? Ne ho sentito parlare, ma io non l'ho mai visto perché lui esce quando io non ci sono. Forse le nuvole vi potrebbero aiutare, che sono sempre in giro.

Cipí e la passeretta, senza stancarsi, decisero di rivolgersi alle nuvole e appena le videro, le rincorsero e le supplicarono cosí: – O bianche nuvolette che girate il mondo e sapete molte cose, aiutateci; il signore della notte mangia i nostri amici, ma i passeri non vogliono crederlo perché non abbiamo prove. Dateci voi una prova!

Le nuvolette risposero: – Noi vi aiuteremmo

volentieri perché sappiamo molte cose di quel signore cattivo e conosciamo il pianto di tante madri, ma per darvi quel che volete dovremmo fermarci e questo non ci è possibile perché il vento ci spinge via continuamente. Forse lui potrebbe accontentarvi: non abbiate timore se fischia, se scompiglia le piume o urla nei camini; un piacere non lo rifiuta mai. Addio! – E scomparvero all'orizzonte.

Ed ecco che un giorno il vento, ansante per avere spinto sin lí dalla montagna una pigra nuvola nera, riprese fiato sopra il tetto e Cipí e Passerí gli gridarono: – O buon vento, aiutaci a svelare il mistero del signore della notte ai nostri amici che non ci credono, abbi pietà di tante mamme che piangono!

Il vento si asciugò il sudore, scrollò il capo e brontolò: – Quel mascalzone se la merita davvero una lezione!

– Ci aiuti dunque? – chiesero trepidanti Cipí e la passeretta.

– Ora non posso perché ho molto da fare ma appena finito il mio lavoro vi prometto che vi aiuterò –. Poi si buttò nel cortile per vedere se era pulito e poiché da tanto tempo il custode non lo scopava, buttò in aria la polvere, i pezzi di carta e le foglie secche, brontolando. E se ne andò spingendo la nuvola nera.

– Com'è buono il vento! – sussurrò Passerí felice al suo compagno.

– Chissà però fin quando dovremo aspettare.

– Ci vuole pazienza, – rispose Passerí, – chi è nel giusto deve saper attendere.

LA PROVA

CAPITOLO 27

Come tutte le cose brutte, anche l'inverno un giorno finí. Palla di fuoco, che aveva fatto una cura ricostituente, si era irrobustito e una mattina i passeri balzarono fuori dai loro buchi e lo salutarono: – Evviva il nostro salvatore! – e volarono incontro ai suoi caldi raggi.

Il sole esclamò: – Adesso gliela do io una lezione alle farfallette che vi hanno fatto soffrire! – E cominciò a lanciare sulle loro spalle vampate di calore.

– Oh Dio mio... muoio...! – mormoravano le farfallette svegliandosi dal lungo sonno, e per scappare scivolavano le une sulle altre e correvano in cerca di una strada che le portasse lontano, in salvo. Per fortuna trovarono tutte chi un rigagnolo e chi una cunetta o un canale in cui infilarsi.

– Addio! Addio! – dicevano partendo. Man mano che se ne andavano, la terra tornava qua e là alla luce e le erbe rialzavano il capo.

Attraverso mille strade le farfallette sciolte arrivarono al nastro d'argento e, tutte insieme, incominciarono il lungo viaggio attraverso la pianura. Cammina cammina arrivarono al mare e là, purificate e alleggerite, risalirono un giorno esultanti in cielo dove il vento le fustigò a dovere e cominciò a farle correre di qua e di là, senza posa. Esse, che l'avevano combinata grossa, tacquero e ubbidirono e cosí cominciò la primavera.

In primavera, si sa, il vento ha molto da fare per tenere sgombro il cielo da centinaia di nuvolette bianche e di nuvoloni che vengono lí a godersi il sole, tuttavia non si dimenticò della promessa fatta a Cipí e venne.

Cipí, che era stato avvisato, aveva radunato i passeri sopravvissuti davanti al buco del signore della notte.

C'erano proprio tutti: c'era la dolce Cippicippi, c'era Chiccolaggiú, c'erano anche i curiosi, i passeri che avevano gridato «abbasso Cipí» il giorno dell'assemblea sull'albero grande; e in un angolo, nascosta e trepidante, c'era Mamí. Il vento arrivò, arrivò come una furia, fece il giro del cortile, si fermò un momento sopra la Torre fumante e disse: – Dunque voi volete una prova... una prova sicura... vediamo un po'...!

Cosí dicendo partí di scatto, infilò la testa nel buco del signore della notte e vi entrò con un sibilo acuto che fece tremare i calcinacci delle pareti. Poi ne uscí trascinando con sé tutto quel che c'era dentro: polvere, avanzi di ossa, piume lacerate...

– Il vestito dei miei piccoli! – gridò Cippicippi, riconoscendo le piume dei suoi figli. E scoppiò in un pianto dirotto.

Mentre Chiccolaggiú e le altre madri cercavano fra le piume quelle dei propri cari, il vento gridò:

– Ecco la prova. Vi basta? – E se ne andò rapido come era venuto, senza pretendere un ringraziamento, a continuare il suo lavoro.

Nel buco si sentiva il signore della notte brontolare.

Le madri e i passeri gridavano disperati:

– Assassino! Mascalzone! Esci di lí e te la daremo noi una lezione!

Ma Cipí cosí disse: – Amici, le parole di offesa non servono a nulla. Ora che abbiamo la prova e che abbiamo individuato il nostro nemico, dobbiamo trovare il modo di cacciarlo via.

– Cacciamolo subito! – disse uno.

– Ricordate che il mostro ha un becco uncinato

e artigli potenti contro i quali nulla possono il nostro piccolo becco e la nostra forza, – avvisò Cipí.

– Ma noi siamo tanti! – esclamò Chiccolaggiú con gli occhi stravolti.

– Spargeremmo dell'altro sangue! – ammoní Passerí.

– Compagni, un'idea! – esclamò Cipí.

– Sentiamo! – dissero i passeri stringendosi attorno a lui.

– Il mostro ha bisogno di mangiare perché, come avete visto, non è vero che si nutre di ombre e di comignoli; ebbene, noi dobbiamo fare un patto: nessuno deve piú incantarsi alle sue parole e nessuno degli altri passeri deve venire sul nostro tetto di notte, e se vorrà venire noi lo cacceremo a beccate! Cosí, preso dalla fame, il mostro se ne dovrà andare, se non vorrà morire nel buco.

– È giusto! – disse Cippicippi, – ma bisogna essere tutti d'accordo.

– Chi accetta la proposta venga con me, – disse Cipí volando sul grande albero.

Tutti lo seguirono.

Sul grande albero si stabilirono i turni delle sentinelle e cosí per una, due, tre, cinque, dieci notti, quando il signore della notte mandava fuori le stelline a dire: – Venite con noi nel regno della felicità, venite... venite... – nessuno l'ascoltava e guai a chi si avvicinava.

La dodicesima notte, sfinito dalla fame e pieno di vergogna, il mostro dovette cedere: uscí dal buco, prese il volo, sparí silenzioso nella notte e da quella volta non lo videro mai piú.

LA LIBERTÀ

CAPITOLO 28

Che festa, quei giorni! I passeri si abbracciavano e si baciavano e per tutto il vicinato si sparse il chiasso dei festeggiamenti in onore di Cipí e della sua compagna.

Allora Mamí, commossa, si fece largo per avvicinarsi al figliolo che tanto bene aveva fatto alla piccola patria del tetto, e senza pronunciare una parola se lo strinse affettuosamente al petto come quando, dentro al nido, gli narrava che cosa c'era nel mondo.

– Mia cara Mamí! – disse Cipí raggiante di felicità. – Sei contenta ora?

– Sí... sí... tanto... – ripeté Mamí singhiozzando di piacere, – tu sei davvero il piú caro... il piú buono... il piú grande dei miei nati!

– Anche se t'ho fatto tanto arrabbiare?

Mamí a questa domanda non rispose perché le mamme non ricordano i sacrifici compiuti per i figli, ma disse:

– Io sono fiera di te. Promettimi che resterai sempre cosí, buono con tutti, generoso, vivace e nient'affatto superbo!

– Prometto! – disse Cipí.

E passarono i giorni, passarono le stagioni e gli anni; dai monti e dal mare arrivarono ancora i venti a radunare le ingenue nubi e a scatenarle le une contro le altre; il grande amico continuò il suo pacifico viaggio nel cielo; le margherite e gli altri fiorellini ascoltarono curiosi come prima le storie incantevoli dell'acqua del fiume; gli alberi indossarono i fulgidi abiti nuovi ad ogni stagione;

e i passeri del tetto proseguirono la loro dura vita.

Ma ora il sacrificio non pesava piú perché essi avevano il cuore felice e cantavano la loro letizia al sole, all'acqua, ai fiori, alle creature del cielo e della terra, dalla nuvoletta che frenava la corsa impigliandosi alla punta del parafulmine per starsene un poco ad ascoltarli, alle ranocchie che per la gioia saltavano selvaggiamente nelle pozzanghere urlando: gra gra.

Anche Cipí e Passerí conobbero la felicità ed ebbero tanti figli ai quali insegnarono le cose imparate nella vita: ad essere laboriosi per mantenersi onesti, ad essere buoni per poter essere amati, ad aprire bene gli occhi per distinguere il vero dal falso, ad essere coraggiosi per difendere la libertà.

INDICE

CIPÍ

Einaudi Ragazzi

storie & rime

Pubblicazioni piú recenti

632 Cinzia Capitanio, *Sulle ali del falco*
633 Annamaria Piccione, *La musica del mare*
634 Stefano Bordiglioni, *Diario di Giulio. Top secret*
635 Isaac Bashevis Singer, *Una notte di Hanukkah*
636 Roberto Piumini, *Motu-Iti – L'isola dei gabbiani*
637 Tiziana Merani, *L'incredibile signorina Frisby*
638 Stefano Bordiglioni, *Scuolaforesta*
639 Stefano Bordiglioni, *Il giro del mondo in 28 e-mail*
640 Lia Tagliacozzo, *Il mistero della buccia d'arancia*
641 Eliana Canova, *Il bambino che inventò il cavallo*
642 Stefano Bordiglioni, *Piccole storie di grandi civiltà scomparse*
643 Roberta Mastruzzi, *Quanti pasticci, Ricottina!*
644 Dominique Demers, *SOS: nuova prof!*
645 Beatrice Masini, *Bambine!*
646 Stefano Bordiglioni, *Un attimo prima di dormire*
647 Fabrizio Altieri, *Tre amici e un cavallo*
648 Riccardo Davico, *Il mistero del faro*
649 Daniel Pennac, *Io e Kamo*
650 Véronique Beerli, *Belle, astute e coraggiose – Otto storie di eroine*
651 Eva Serena Pavan, *Prima media mai piú!*

652 Saviour Pirotta, *Il segno del ciclope - Un mistero dall'antica Grecia*
653 Febe Sillani, *Il libro dei mostri*
654 Sandro Franceschini, *Marvao e Bianca*
655 Antonio Ferrara, *Pusher*
656 Nicoletta Costa, *Streghe, streghine e stregatti*
657 Sophie Rigal-Goulard, *Quindici giorni senza rete*
658 David Conati, *Quando lo straniero sono io*
659 Vanna Cercenà, *Frida Kahlo*
660 Guido Sgardoli, *L'odissea di Argo*
661 Mino Milani, *Ulisse racconta*
662 Stefano Bordiglioni, *Polvere di stelle*
663 Christian Stocchi, *Favole dell'ABC - 70 storie per imparare l'italiano divertendosi*
664 Stefano Bordiglioni, *Il capitano e la sua nave - Diario di bordo di una quarta elementare*
665 Annamaria Piccione, *Per sempre Libero - La storia di Libero Grassi*
666 Fabrizio Altieri, *Grosso guaio alla casa di riposo*
667 Lorenza Cingoli, *Il segreto di Lucina*
668 Stefano Bordiglioni, *Le sette meraviglie del mondo*
669 Ingo Siegner, *Nocedicocco - Avventura in Africa*
670 Valeria Conti, *Cuori nel fango*
671 Dominique Demers, *Una bibliotecaria tutta matta*
672 G. Quarzo / A. Vivarelli, *La notte della Luna*
673 Ingo Siegner, *Nocedicocco - Magia sull'Isola dei Draghi*
674 Sabina Colloredo, *Miti greci*
675 Dominique Demers, *Magica, questa mister!*
676 Carlo Barbieri, *Dieci piccoli gialli*

Finito di stampare nel mese di aprile 2019
per conto delle Edizioni EL
presso Elcograf S.p.A., Verona